AF200837

Inhaltsverzeichnis

Lust und Verlangen -
Erotische Dramen ab 18

DiKay

Herstellung und Verlag:
BoD - Books on Demand, Norderstedt
ISBN 978-3-7460-1387-9

Sinliche Wolkenspiele

Der Anruf welcher mein Leben komplett aus der Bahn werfen sollte, erreichte mich gegen Mitternacht. Ich wollte gerade zu Bett gehen, als mein Handy summte. Erstaunt sah ich auf das Display, sah die Nummer und hob ab.

Es war Toms Vater der mir in knappen Sätzen mitteilte, dass mein Verlobter vor nicht einmal einer Stunde tot auf der Straße aufgefunden worden war. Es gab keine Zeugen, gar nichts. Ein LKW-Fahrer hatte die Polizei gerufen. Tom's Vater schluchzte ins Telefon.

Ich brauchte eine Weile um diese Mitteilung sacken zu lassen.

Tom? Das war doch nicht möglich? Wir wollten im nächsten Jahr heiraten – das konnte doch nicht wahr sein? Wer trieb hier mitten in der Nacht ein so grausames Spiel mit mir?

»Wer sind Sie überhaupt? Wer spricht denn da – ein mitternächtlicher Anruf auf einem Handy? Ein Handy – haben Sie keinen Festnetzanschluss – ich brabbelte dumme Sachen vor mich hin, konnte das, was Toms Vater mir gerade versucht hatte zu vermitteln einfach nicht wahrhaben. Wer sind Sie denn nun wirklich?«, fragte ich völlig konsterniert. Wollte, konnte nicht glauben, dass es wirklich Toms Vater war, der da gerade mit mir sprach.

»Ina ich bin es wirklich, Harald. Bleib in deiner Wohnung, ich komme zu dir.«

Wenige Augenblicke später klingelte es, und Toms Vater stand mit rot geweinten Augen vor mir. Ich umarmte ihn und wir blieben eine ganze Weile eng umschlungen in der Diele stehen – einfach die Wärme des anderen spüren, nur nicht mit der Wahrheit konfrontiert werden.

»Ina«, begann Toms Vater vorsichtig, »Tom hatte keine Chance – man hat ihn brutal zusammengeschlagen – er ist verblutet.«

Ich schlug die Hände vor's Gesicht, mochte mir die Szenerie gar nicht ausmalen, schaute unbewusst auf ein Bild von uns, welches im letzten Jahr auf Mallorca geschossen wurde, als wir unseren letzten gemeinsamen Urlaub genossen.

Braun gebrannt, Sixpack, tolle Ausstrahlung, kurze schwarz-braune Haare, das alles war Tom. Man sah es ihm irgendwie an, dass das Leben es gut mit ihm gemeint hatte. Seit seiner Kindheit war er ohne viele Stolpersteine seinen Weg gegangen – er hatte es bis zum CEO eines großen Buchverlages gebracht – und jetzt sollte das alles nicht mehr sein.

Jetzt war er tot.

Einfach so.

Gestern hatten wir noch zusammen geschlafen. Jetzt war da nur noch Leere.

Gedämpft, die Worte drangen gar nicht recht zu mir durch, fragte mich Toms Vater ob ich Tom noch einmal sehen möchte.

»Nein, nein, oh Gott nein!«, sagte ich, »ich möchte ihn so in Erinnerung behalten wie ich ihn immer gekannt hatte – unbewusst fühlte ich einem letzten Tropfen Sperma nach, welches Tom noch gestern in mich hineingepumpt hatte – oh Gott nein, Tom!«

Harald nickte verständnisvoll.

»Die Beerdigung findet bereits in drei Tagen statt«, sagte er, und wieder drang alles wie durch eine Nebelwand zu mir. »Er wird im Friedwald – also, äh ... Harald musste die Tränen zurückhalten – also, nun ja, wir haben eine schöne, dicke Eiche ausgesucht, und Tom wird einen herrlichen Blick auf ein verwunschenes Stück Erde haben – sicherlich schaut er schon von oben auf uns herab und sagt Dankeschön.

»Wofür?«, fragte ich.

»Na ja dafür, dass wir alles so halten, wie er es sich gewünscht hat.«

»Tom war vierunddreißig Jahre alt!«, schrie ich meinen Schwiegervater in spe an, »da stirbt man nicht so einfach.«

Er nahm mich in seine Arme und ich ließ meinen Tränen freien Lauf.

Die Beerdigung, welche unweigerlich folgte, war der schwerste Gang in meinem bisherigen Leben, doch Gott sei Dank war sie angenehm schlicht gehalten. Christina, Toms Mutter hatte dafür gesorgt, dass es nur eine kleine Gedenkfeier im Krematorium gab, danach wurde die Urne mit Toms Asche zum Friedwald gefahren und dort unter der bewussten Eiche bestattet.

Toms Mutter hatte ausdrücklich angeordnet keine Trauerkleidung zu tragen, das hätte Tom nie gewollt. Und es erklang auch nicht Brahm's Oratorium sondern ›Sonne in der Nacht‹. Ich fand das Musikstück trotz des traurigen Anlasses irgendwie passend.

Die Laienpredigerin fand warme Worte welche uns für den Augenblick trösteten. Knapp zwanzig Minuten später war die Trauerfeier beendet, einzelne Rosen umgaben den dicken

Stamm der voluminösen Eiche – und Tom, was blieb von ihm? Ein kühles Grab in einer Erde, unter der er mit seinen vierunddreißig Jahren noch nicht hätte liegen dürfen.

Da stand ich nun – mutterseelenallein – niemanden mehr habend – leer, ausgehöhlt und an nichts anderes denken könnend, als an den Menschen den ich verloren hatte – an Tom. Wir waren ein Team gewesen, ein super Team. Streit war ein Fremdwort für uns, Sex dafür ein Reizwort. Wir hatten hemmungslosen, wunderbaren Sex – nichts aufregendes aber wunderschön. Wir hatten uns, und das genügte.

Ich umarmte den Stamm der mächtigen Eiche welche Toms Eltern als letzte Ruhestätte für ihren Sohn ausgewählt hatten. Plötzlich spürte ich etwas – was genau es war, konnte ich nicht sagen. Ein Gefühl, als würde der Baum auf meine Umarmung reagieren. Es wurde mir warm ums Herz – vielleicht konnte Tom ja diese Umarmung von mir spüren – er würde mich nie wirklich allein lassen.

Harald und Christina verabschiedeten sich von mir, nahmen mich ganz fest in den Arm und sagten: »Unsere Tür ist immer offen für dich, Ina.«

Die anderen Trauergäste – es waren nur eine Handvoll – welche an diesem kalten Maitag gekommen waren, waren längst gegangen. Christinas Wunsch entsprechend hatte man auf jegliches Brimborium verzichtet, so auch auf den so genannten ›Leichenschmaus‹, wo Christina das aussprach, was ich nicht hätte besser sagen können: »Wenn ein so junger Mensch sterben muss, dann trauert man und schmaust nicht noch.« Recht hatte sie.

Und so saß ich vielleicht zwei Stunden allein auf einer Bank, direkt gegenüber von Toms Grab und hielt Zwiesprache mit dem Mann, der einmal mein Ehemann hätte werden sollen.

»Wir sehen uns wieder Tom, irgendwann, irgendwo«, meinte ich. »Du bist doch nur vorausgegangen.«

Ich würde Tom wiedersehen ... ich spürte seine Gegenwart, als stände er neben mir. So als würde er die Regie übernehmen. Hier zu diesem Zeitpunkt.

Vier quälend lange Wochen waren seit dem Tod Toms vergangen. Ich fuhr jeden Tag mit dem Fahrrad zum Friedwald hinaus. Zwar brauchte man in den Morgen- und Abendstunden noch eine dicke Jacke, doch die graue Jahreszeit war endgültig Vergangenheit. Die Welt wurde wieder ein klein wenig heller.

Meine Arbeit als Verkäuferin verrichtete ich in dieser belastenden Zeit stupide, nichts nahm ich richtig auf, die Routine ließ mich dahin vegetieren. Ich bekam in diesen

Tagen nicht sehr viel mit von dem, was man Leben nennt. Abends dann fuhr ich mit den Rad zu Tom.

Hier im Friedwald herrschte eine wunderbare Stimmung, so still, so friedlich. Alles war so ... irgendwie leichter. Das Atmen fiel mir nicht so schwer, ich kam etwas zur Ruhe.

Ich selbst verfügte über keine nahen Angehörigen mehr. Nur eine Großtante war mir geblieben, doch sie war alt und lebte in Berlin. Einige hundert Kilometer lagen dazwischen. Was mir blieb, war der Kontakt zu Toms Eltern. Und diesen brauchte ich in den ersten Tagen nach Toms Tod mehr als je zuvor. Wir trösteten uns gegenseitig – so sah im Augenblick mein Leben aus. Natürlich würde es weitergehen –

doch wie, war mir zum jetzigen Zeitpunkt ein Rätsel.

»Hätte ich ihn vielleicht doch noch einmal anschauen sollen?«, fragte ich mich, als ich gerade eine kleine Spitzmaus beobachtete, die aus ihrem Loch herausgekrochen kam und mich neugierig anschaute.

»Nein, es war alles gut so, so wie es war. Mein Geliebter, mein Verlobter, mein zukünftiger Mann war gegangen, vorangegangen. Ich schnappte mein Fahrrad, mittlerweile war es acht Uhr abends und eine leichte Dämmerung setzte ein.

Ich weiß nicht mehr was mich umtrieb, doch ich wollte irgendetwas Verrücktes unternehmen, wollte plötzlich das Leben in mir spüren, und nahm die Hände vom Lenker – ließ das Fahrrad ungebremst die leicht abschüssige Fahrspur hinunterrollen und lachte sogar ein wenig. Den Aufprall, welcher kurz darauf folgte nahm ich nicht mehr wahr – ich hatte keine Chance.

Der Fahrer des Wagens, welcher mich erfasst hatte, fuhr auch nicht gerade langsam, und ich ließ mich einfach die leichte Anhöhe hinterunterrollen – das was folgte, war unausweichlich. Ich stürzte, und das Fahrzeug konnte nicht mehr bremsen … meine Lichter gingen aus.

Ich sah dass ein Krankenwagen kam, das irgendjemand mich reanimieren wollte – alles in mir schrie: »Hört auf, hört auf! Ich mag nicht mehr!« Da winkte der Sanitäter ab. Ich wurde für tot erklärt!

So schnell nach Toms Tod – gerade mal einen Monat später, folgte ich ihm … ja, wohin eigentlich?

Offensichtlich befand ich mich in einer Warteposition, interessiert schaute ich mich um. Ich gewahrte ein hell glänzendes Licht, welchem ich folgte. Ich hatte von diesen Lichtern gehört, doch geglaubt hatte ich nie daran. Doch jetzt sah ich wirklich und wahrhaftig ein helles Licht auf mich zukommen. Ein Sternenhimmel, wie ich keinen je vorher zu Gesicht bekommen hatte, zog mich magisch an. Ich spürte eine Macht, die mich übernatürlich anzog. Spontan dachte ich an meine Eltern

– doch nein, es war jemand ganz anderes der da auf mich wartete.

Lächelnd strahlte mich dieser jemand an.

Plötzlich entdeckte auch ich sie – die weiße Wolke, an einem sonst strahlend blauen Himmel, und auf dieser Wolke saß … Tom.

Tom, welcher vor gerade mal vier Wochen vorausgegangen war und mir in diesem Moment lächelnd die Hand reichte.

»War das möglich? Musste man nicht irgendeine Prüfung ablegen – oder war das hier schon das Paradies? Ich wusste es nicht – konnte es ja auch nicht wissen.«

Tom saß, mit einer weißen Tunika bekleidet, auf dieser Wolke und schaute mich belustigt an.

Die kleinen Punkte auf seiner Haut mussten wohl von seinen Verletzungen stammen – doch nein, es waren Sonnenstrahlen die ihn streiften. Wunderschön, überirdisch.

»Ina«, sagte er zärtlich, strich mir über das Gesicht und küsste mich zärtlich.

Siehst du, ich bin nur vorausgegangen, ich habe mich so nach dir gesehnt, ich konnte nicht mehr länger warten. Und schau, es hat nicht lange gedauert, das wir getrennt waren – nur eine Millisekunde lang.« Er streichelte mein Gesicht, nahm mich in den Arm und hielt mich ganz fest.

»Wie habe ich dich vermisst, mein Herz«, sagte er zärtlich und immer wieder hauchte er mir federleichte Küsse auf Mund, Nacken und meine empfindliche Stelle in der Halsbeuge. Dann betrachtete er mich das erste Mal genauer.

»Ach herrje – du bist ja völlig unbekleidet!« Er reichte mir ebenfalls eine weiße Tunika und sagte: »Wir tragen hier alle so was – es ist sehr bequem und praktisch.«

Ich zog die Tunika an, nackt war ich hierhergekommen, nackt sollte ich bald wieder sein. Doch zuerst sah ich mich um.

»Wo sind wir hier Tom?«, fragte ich.

»In einer Art Warteposition – sie suchen für uns eine Galaxie, auf welcher wir leben können – eine Art neue Erde, verstehst du?«

»Wer sucht?« Ich zog meine Stirn in Falten.

»Alle die es gut mit uns meinen … du kannst sie nicht sehen – doch sie kommunizieren mit dir – sie dringen in deine Gedanken ein – mehr brauchst du nicht zu wissen.«

Er umarmte mich erneut.

»Du hast das gesteuert nicht wahr Tom, du hast mich zu dir geholt?« Ich sah ihn fragend an, doch ich wusste bereits die Antwort auf meine Frage.

Er nickte und grinste mich schelmisch an.

»Sagen wir doch mal so. Ich habe auf der Erde meine zukünftige Frau zurück lassen müssen, diese Frau werde ich nun hier in dieser neuen Galaxie zu meiner rechtmäßig, angetrauten Ehefrau machen. Das geht aber nur, wenn dieses bezaubernde Wesen«, er küsste meine Wange, »auch bei mir ist, nicht wahr?«

»Du böser …«, ich küsste ihn zärtlich, strich über sein Gesicht und umarmte ihn so, wie ich zuletzt die riesige Eiche umarmt hatte. Ich hatte all das noch in meinem Kopf – wusste noch genau, was geschehen war, es würde mit Sicherheit in den nächsten Tagen verblassen.

Die Wolke, auf welcher wir saßen fühlte sich wie Watte an. Es war, als würde sie jede Bewegung von uns abfedern. All das konnte ich rational nicht aufnehmen, also ließ ich mich überraschen was folgen würde.

Merkwürdig war auch, dass ich nicht fror obwohl das dünne Leinenhemdchen welches wir hier als Tunika trugen, nicht wirklich vor Kälte schützen konnte – doch statt zu frieren, war mir mollig war – und noch ein anderes Gefühl entstand in mir – mir wurde ganz leicht ums Herz. All die belastenden Dinge schienen sich in Luft aufzulösen. Wunderbar befreiend fühlte sich dies an – und ich fühlte mich beschwingt und frei.

Tom, dem das offensichtlich bereits widerfahren war, sagte: »Lass uns ein bisschen gehen. Ich vertraute mich ihm einfach an. Warum überraschte es mich nicht, dass uns die Wolke trug, warum überraschte es mich nicht, dass Tom wie ferngesteuert zu einer kleinen Mulde unterwegs war … um … ja, was wohl?«

Mein CEO wollte mich lieben, wollte mir zeigen, wie sehr er mich in der kurzen Zeit, bis zu unserem Wiedersehen vermisst hatte.

Tom, wollte mich. Das spürte ich, und ich wollte ihn. Wir hatten immer ein inniges Verhältnis zueinander, welches geprägt war von Hingabe, Gefühl und Verständnis für den Partner. Es war guter Sex gewesen und so sollte es wieder sein. Wir waren nicht das experimentierfreudigste Paar, brauchten wir auch nicht zu sein – denn wir zwei wussten was wir aneinander hatten. Ein Glas Wein, ein entspannendes Bad zu zweit, federleichte Küsse fachten unsere Gier zueinander an.

Tom begann mich zärtlich zu streicheln, meine Haut mit eben jenen federleichten Küssen zu betupfen, und hätte ich gewusst wie, ich wäre in Tom hineingekrochen, so sehr verlangte es mich nach diesem Mann.
Er befingerte meine Vagina – oh ja – sie war feucht. Tom brauchte mich nur leicht zu berühren, und sofort stellte mein Körper alle Signale auf Grün. Ich war diesem Mann verfallen – ich liebte Tom über die Maßen und darüber hinaus.

Trotzdem war ich etwas erstaunt. Doch warum eigentlich. Er tat dasselbe mit mir, wie er es auch unten auf der Erde getan hätte – und es war okay.

Er streifte mir die Tunika von meinem Körper und sah mich mit glänzenden Augen an. »Du bist wunderschön Ina, du bist so wunderschön, ich konnte dich einfach nicht länger da unten lassen, verstehst du das?«

»Ja, Tom. Ich verstehe, und ich bin dir auch irgendwie dankbar dafür – ohne dich, das wäre kein Leben für mich geworden. Tom war das, was ich wollte, was ich brauchte – er sorgte für mich, er war für mich da – und er würde mir sogar die Sterne vom Himmel holen, hätte ich ihn darum gebeten.«

Ich presste mich an ihn, küsste ihn fordernd. Noch ignorierte ich das Pochen in meinem Unterleib, doch wie lange ich mein Verlangen zu Tom noch unter Kontrolle bekommen konnte, das wusste ich nicht. Mittlerweile streichelte er meinen Hintern, begann eine leichte Po-Massage, indem er diesen knetete und leicht aufdehnte, es erregte mich maßlos. Leicht spreizte ich meine Beine, gab ihm praktisch das Signal das ich bereit für ihn war.

Tom kam zu mir, doch er tat nichts weiter als mich still und stumm zu betrachten, so, als hätte er mich Jahre nicht gesehen. Er hatte mich geholt, damit ich bei ihm sein konnte.

Und dass musste für ihn wie ein Geschenk sein.

Plötzlich liebkoste er meine Vagina, hatte sich blitzschnell über mich gebeugt und begann mich auszusaugen, leckte mich – ich stöhnte auf – er störte sich nicht daran. Mein Saft zog ihn magisch an, er sog mich förmlich aus.

Als er merkte, dass meine Eruptionen immer heftiger wurden und ich einem grandiosen Orgasmus entgegen strebte, nahm er seine Zunge weg und massierte mit dem Mittelfinger meinen Kitzler. Die Explosion die folgte, war das Größte, was ich seit Langem erlebt hatte. Ich schrie mir die Seele aus dem Leib – es war mir egal, welches Wesen mich hörte oder eben nicht.

Ich schüttelte mich, ich erschauerte und ich flüsterte: »Liebe mich Tom, liebe mich.« Und er führte zwei Finger in mich hinein und ein erneuter Orgasmus ließ mich erneut erschauern. Meine Zähne begannen zu klappern, und als es vorbei war, lehnte ich mich erschöpft an ihn.

»Oh Tom«, flüsterte ich und griff nach ihm. Natürlich wollte auch ich ihm Lust verschaffen. Er legte sich auf mich, nahm meine Hände und führte sie mir über den Kopf hinweg, streichelte sanft mein Haar, meinen Körper und drang dann voller Gier in mich ein. Kurz hielt ich die Luft an, doch dann stieß ich von unten her dazu. Schnell fanden wir unseren Rhythmus und liebten uns auf einer Wolke im Universum. Hart kamen seine Stöße, unnachgiebig und gierig – so als hätte er dieses Ventil gebraucht. Es war ein lustvolles Spiel – ohne Dominanz, ohne Schmerzen – eher die Version Yin und Yang.

Wir waren ein großes Ganzes, spürten sehr genau die Hitze des anderen und als Tom endlich seinen Samen in mich ergoss hatte ich das, was ich wollte. Ja, ich wollte ihn in mir tragen, seine Feuchtigkeit spüren welche er mir zu geben hatte. Erschüttert über so viel Lust brauchte ich einen Moment, ehe ich mich auf ihn setzte und ihn voller Gier ritt. Tom stöhnte auf, klatschte mit beiden Händen auf meinen Po und presste mit beiden Händen diesen fest zusammen. Er war so erregt, dass er sich kaum unter Kontrolle halten konnte.

Ich hingegen ritt ihn wie der Teufel, stützte mich leicht auf seinen Schultern ab – hoch, runter, hoch runter. Und als Tom kam – war es für mich genauso ergreifend schön wie für ihn – der seinen Oberkörper angehob, der stöhnte und sich wieder auf unsere Wolke fallen ließ.

Nach dem Sex hauchte er mir zarte Küsse auf die Stirn und ich nahm Toms Penis in den Mund. Ich wollte ihn befriedigen, den letzten Tropfen Sperma aus ihm heraussaugen, ihm Zärtlichkeit und Liebe geben.

Tom gab mir seinen Penis, ich saugte, suchte den kleinen Schlitz vorn in seinem Penis und ließ meine

Zunge spielen. Das war zu viel für Tom, und er explodierte.

»Oh Ina«, flüsterte er, »sie dürfen uns nicht trennen.«

»Tom, wer soll uns trennen – wir sind zusammen und wir bleiben zusammen«, sagte ich.

Ich kuschelte mich an ihn, er nahm mich in seine Arme, wiegte mich hin und her.

»Hier gibt es nichts zu trinken, oder?«, fragte ich. Ich hatte Durst, doch Tom meinte: »Nein, das gibt es hier nicht – nicht in der Warteposition. Nach zwei, drei Tagen wirst du keinen Hunger mehr verspüren, der Durst wird auch nachlassen. Ging mir die erste Woche auch so.«

Ich betrachtete ihn seufzend, wieder empfand ich diese sonderbare Hitze – gleichzeitig merkte ich, wie angenehm diese war. Ich betrachtete Tom ausgiebig.

»Du hast mir gefehlt, Cowboy«, sagte ich (ich hatte ihn früher einmal so genannt) und er lachte nun darüber.

»Ina«, begann Tom, umfasste meinen Nacken und streichelte diesen ausgiebig. Glaubst du an Wunder, glaubst du an irgendetwas Überirdisches. Wenn ja – dann wäre jetzt die Zeit darüber nachzudenken, wer das hier alles gesteuert hat. Er presste mich ganz fest an sich und wartete auf meine Antwort.

Ich konnte ihm keine geben, denn ich war noch zu sehr im Bann all dessen hier – es würde nichts Gescheites dabei rumkommen, würde ich ihm jetzt antworten.

Tom interpretierte es anders, und nahm meine Arme, hielt diese hoch und streichelte mich unter den Achseln.

»Hey!«, protestierte ich leicht. Schon wieder bereit?«

»Hm.« Ich konnte dieses Wort eigentlich nur von seinen Lippen ablesen, doch als er mich bat. meine Beine weit zu öffnen wusste ich, dass er bereit war. Er betastete meine Möse die recht feucht war – befühlte die kleine Rosette an meinem Po und klatschte einen spielerischen Schlag darauf. Dann umschlang er mich mit aller Kraft und hielt mich so fest, dass ich kaum Luft bekam.

Er war so bereit, ich war es auch. Ich rollte mich auf ihn, setzte mich jedoch so auf ihn, dass mein Hintern sich seinem Gesicht zuwandte. Genießerisch presste er meine Pobacken zusammen und ich ritt den Ritt meines Lebens. Tom, unter mir liegend, verschaffte diese Position höchsten Genuss, denn sein Glied drang tief in mich ein. Er spreizte meinen Hintern ein klein wenig, ich spürte seinen Finger darin, doch es störte mich nicht weiter. Als ich kam, schob ich ihn einfach weg.

Ich wollte ihn spüren, wollte meinem Orgasmus ganz genau nachspüren, und auch Tom der unmittelbar nach mir kam und mir sein Sperma überließ, hielt inne und war einfach nur glücklich.

»Irgendwann werde ich dir auf deinen Bauch spritzen«, sagte er zu mir, »diese Fantasie habe ich schon lange in mir, es würde mich maßlos erregen. Er küsste meinen Rücken, ließ seine Zunge spielerisch darüber hinweggleiten, bis fast hinunter zu meinem Po.«

»Ach Tom«, ich sagte es sehr leise, »wir haben alle Zeit der Welt – lass es uns nicht übertreiben.« Er gab mir im Prinzip recht, doch seine Fantasie mit meinem Bauch ließ ihn offensichtlich doch keine Ruhe.

»Schau Ina. Er zeigte hinunter auf seinen Penis und zuckte mit den Achseln.

»Okay, ich konnte meinem CEO nichts abschlagen.« Kurz überlegte ich, dann presste ich meine Brüste ganz eng zusammen und meinte: »Dann wollen wir doch mal ausprobieren, wie sich dein Penis wohl zwischen meinen Brüsten fühlt.«

Das musste ich Tom nicht zwei Mal sagen – grenzenlose Freude über meine Fantasie überkam ihn, und als er meine Brustwarzen gestreichelt und liebkost hatte, konnte er es kaum erwarten.

Genußvoll presste er meine Brüste fest zusammen, legte seinen Penis zwischen die Kuhle und stieß erst langsam –danach immer fester zu. Erstaunlich, wie erregt ich durch dadurch wurde. Er vögelte meine Brüste und ich war richtig geil.

Tom hielt kurz inne – doch dann konnte er sich nicht mehr halten. Er nahm seinen Penis schnell aus der Enge der Brüste heraus und ergoss sich auf meinem Bauch –ich nahm alles mit einem Lächeln an, Tom massierte mir sein Sperma später ein – es fühlte sich herrlich erotisch an.

Ich war papp satt und auch Tom schien satt zu sein, denn plötzlich hielt er inne.

»Uh, ich brauche eine Pause Ina, du schaffst mich noch.«

»Eine meiner leichteren Übungen«, sagte ich lachend zu ihm, doch dann sahen wir etwas.

Es passierte Sonderbares. Ich spürte, wie ich irgendwie weggezogen wurde von der Wolke, auf welcher wir uns geliebt hatten. Auch Tom hatte die gleiche Empfindung.

»Sie sind da!«, sagte er freudig erregt, »sie bringen uns in eine Galaxie, in welcher wir leben können, Ina! Wir dürfen hier bleiben. Wir werden erlöst sein. Sie bringen uns fort.«

Ich sah mit Erstaunen dass Tom weinte – er hatte noch nie geweint. War all dies doch nicht so selbstverständlich, wie Tom es mir weiszumachen versucht hatte? Man sieht sie nicht, man hört sie nicht.

»Wir sollen die Augen schließen«, sagte Tom zu mir, und ich schloss meine Augen. Wir hatten das Gefühl, als wären wir nur Sekunden unterwegs gewesen, doch als wir unsere Augen öffnen konnten, sahen wir etwas was uns staunen ließ.

Ein Land so unschuldig schön – frisches Grün, Bäume, Wiesen, herrliche Wasserfälle und sogar ein paar Holzhütten standen bereit – wir fühlten uns wie die ersten Menschen in einer neuen Galaxie. Wer weiß, vielleicht verhielt es sich auch so.

Sollte dies unser neues Leben sein, so würde ich es dankbar annehmen, sollte dies unser neues Zuhause werden, so würde ich gern hier leben, das schwor ich mir bei allem was mir heilig war.

Tom schaute ebenso beeindruckt drein, und seine Augen sprachen die

Sprache meines Herzens, spiegelten das wider, was ich gerade gedacht hatte.

»Wir haben ein neues Zuhause, Ina«, sagte er, »sie haben mir gesagt, dass das eine neue Erde ist und wir uns gut um sie kümmern sollen. Es gibt Wasser hier, es gibt etwas zu Essen und wir dürfen all dies genießen.«

Wir spürten eine vage Energie, dann war da nichts mehr außer dieser unbeschreiblichen Schönheit und wir freuten uns darüber – das, wer auch immer – diesen Platz für uns gefunden hatte. Es würde mehr von uns geben –und wir würden diese Menschen finden.

»Küsst du mich noch einmal, bevor wir all dies hier erkunden«, hauchte ich und Tom sagte: »Nur küssen … hm … das ist mir eigentlich viel zu wenig. Hey Süße, wir sind gerade dabei uns wieder zu finden. Ich brenne lichterloh … ich möchte meine Frau lieben, ich möchte sie vögeln, ich möchte … ach, was immer du willst. Doch lass mich in dir sein – bitte!«

Wie konnte ich meinem CEO diesen Wunsch abschlagen und so öffnete ich für ihn meine Schenkel, nachdem ich mich in das taufrische Gras gelegt hatte und winkte Tom zu mir. Dieser legte sich neben mich, nachdem ich eine seitliche Position eingenommen hatte.

Er spielte mit meinen Brüsten, und unendlich langsam vollführte er den Akt der Liebe. Lasziv, jedem Stoß hinterher spürend kamen wir gemeinsam und Tom hielt mich fest umschlungen.

Ich brannte, brannte nach Tom – nie wieder würden wir getrennt sein. Das gab mir Hoffnung, Zuversicht und ich schaute in einen mir fremden Himmel.

Die Sonne schien röter, die Sterne funkelten heller und der Mond, der bereits zu sehen war, sah auch irgendwie anders aus.

Doch was machte all das schon – Tom und ich gingen Hand in Hand durch ein Ährenfeld, welches uns fast verschluckte, so hoch stand es im Wuchs. Wir waren uns sicher,

dass wir es schaffen würden. Unser
neues Zuhause lag direkt vor uns.
Ende.

Im dunklen, dunklen Wald

Dieses Jahr hatte der Winter lange sein raues Gemüt gezeigt und nicht viele, darunter auch meine Wenigkeit war froh, als der Februar nahte und sich allmählich die ersten Schneeglöckchen dieses Jahres hervortrauten.

Ich atmete einmal tief durch – der Frühling würde kommen, irgendwann, allein diese kleinen Schneeglöckchen gaben Hoffnung auf wärmere Zeiten.

Natürlich war es eigentlich viel zu früh, doch ich wollte nicht mehr warten.

Also rief ich meine Freundin Denise an, ob Sie Lust zu einer ausgiebigen Waldwanderung habe, um nach der langen Winterzeit Luft in unsere heizungsgeschwängerten Lungen zu pumpen.

»Oh unglaublich gern, wann dachtest du denn«, fragte sie.

»Eigentlich dieses Wochenende? Es soll zwar kühl, aber nicht unfreundlich sein, bist du dabei?«

»Jepp«, sagte sie und legte auf. Alles andere würden wir via WhatsApp klären.

Es war ja auch erst Montag und so plante ich am Computer eine ausgiebige Wanderung – nicht zu anspruchsvoll – immerhin war es unsere erste Wanderung.

Ich hatte einen Waldweg im Visier, der mitten durch den Wald führte und sicherlich schon gut begehbar sein müsste – darauf schoss ich mich ein und sandte Denise meine Ausarbeitung.

Diese war begeisterte Wanderin, ebenso wie ich und die Strecke sagte ihr zu – wir würden etwa acht Stunden unterwegs sein – das hieß, früh aufstehen.

Denise schickte mir eine WhatsApp mit ihrem Okay und fügte hinzu: »Alles andere mündlich am Freitag, okay?«

Ich postete ihr ein Smiley, damit war alles gesagt.

An besagtem Freitag, als die Arbeit getan, und ich bereits beim Packen meines Rucksackes war, läutete mein Festnetztelefon. Denise.

»Na du, auch schon am Packen?«, fragte sie mich. »Du ich freu mich, dass wir endlich wieder unsere Wanderungen aufnehmen können.«

»Ich freu mich auch?«, sagte ich.

»Wann soll ich morgen früh bei dir sein?«, fragte Denise und ich überlegte kurz.

»Ist dir sieben Uhr zu früh, wir können auch gern noch bei mir frühstücken?«, sagte ich und wartete.

»Da sage ich nicht nein«, entgegnete meine Freundin. Also dann bis morgen um sieben Uhr, Brötchen bringe ich mit.

Das war meine Freundin, immer praktisch veranlagt. Prima, da brauchte ich mir wenigstens keine Gedanken ums Brötchen holen machen. Marmelade, Butter und alles andere hatte ich ja immer im

Haus – und ich kochte schon mal Tee, welchen wir auf mitnehmen wollten auf unserer Wanderung. Schließlich wusste man ja nie ob man nicht doch einmal vom Weg abkam. Der Wald war dunkel und geheimnisvoll.

Am nächsten Morgen klingelte Denise pünktlich um sieben Uhr an meiner Wohnungstür und ich öffnete verschlafen.

»Welcher Volltrottel hat hier sieben Uhr vorgeschlagen?«, fragte ich und gab Denise einen Kuss.

»Tja, wer war wohl dieses Ungeheuer, welches einen an einem Samstag so früh aus dem Bett jagt?«, meinte diese und grinste.

»Asche über mein Haupt!«, entgegnete ich - »komm rein und lass uns frühstücken. Nach der ersten Tasse Kaffee werde ich munter.«

Und so war's denn auch. Wir unterhielten uns über die Wanderstrecke, Denise hatte alles dabei sogar an ein zweites Paar Schuhe hatte sie gedacht – das ersparte ich mir. Immerhin musste ich die Dinger schleppen und ich musste gestehen, dass ich die erste Wanderung dieses Jahres einfach nur genießen wollte.

So fuhren wir eine halbe Stunde später in den Bruchwald, ein ausgedehntes Waldgebiet welches sehr beliebt war und wunderschön gelegen.

Denise war schon draußen als ich den Wagen noch abschloss und mein Handy an mich nahm. Allerdings hatte ich keinen Blick darauf geworfen und sollte alsbald feststellen, dass dieses Handy leer war. Ich würde es noch bitter bereuen darauf nicht geachtet zu haben.

Denise sog die frische Waldluft gierig ein.

»Oh Mia, schnupper doch mal, riechst du das, was ich rieche!«

»Solltest du den Frühling meinen, nein, den rieche ich nicht. Allerdings rieche ich würzige frische Waldluft, das reicht mir für's Erste.«

Wir lachten, und zogen los.

Denise hatte ein GPS-Handy, sodass wir wussten wo wir uns

befanden. Wir waren noch gar nicht lange gegangen, da passierte das erste Unglück.

Denise stolperte über einen Stein und das Handy flog in hohem Bogen davon. Direkt ins Nirwana.

Wir suchten zwanzig Minuten, dann gaben wir die Suche auf.

»Komm, ich habe ja noch mein Handy, vielleicht finden wir es auf dem Rückweg – schau, die Bäume haben doch eine Wegbeschreibung dran.«

»Ja, wenn du sie brauchst, hören die grün, blau oder rot schimmernden Dreiecke immer auf«, sagte Denise, ging mir jetzt immer so – was glaubst du, warum ich mir ein Handy mit GPS zugelegt habe.

Sie wechselte das Thema.

»Na, dieses Jahr schon ein Date gehabt?«

Wir wanderten weiter, und ich schüttelte mit dem Kopf.

»Nee, irgendwie fehlt mir auch die Zeit für einen Typen, im Augenblick ist nichts los auf dem Junggesellenmarkt – alles nur so Egotypen.«

»Kein Mister Großkotz, wie du es gern hast?«

»Ach, hör doch auf!«, sagte ich, »was ist so schlimm daran, dass ich Typen mag, die alles haben: Mein Auto, meine Villa, meine Frau, meine Geliebte. Die Reihenfolge ist dabei doch völlig egal – Hauptsache ist doch, man ist abgesichert, nicht wahr?«

»Okay, wenn du es sagst!« Denise grinste.

Auf einmal sahen wir uns suchend um. Das war nicht mehr der Weg welchen wir bis dato gegangen waren.

»Mist, diese Sabbelei!«, meinte Denise, »ich habe das Gefühl wir haben uns verlaufen.«

Ich holte mein Handy heraus und schaute entgeistert darauf. »Denise sagte ich voller Entsetzen. Das Handy, das Handy ist leer!«

Wir blieben stehen und sahen uns an.

»Das ist jetzt nicht wahr?«, sagte Denise. »Du weißt genau wie ich auf so was reagiere.«

Ja das wusste ich sehr genau. Denise würde hyperventilieren und schreiend durch den Wald rennen, ich hatte das alles schon einmal mitgemacht, und konnte gut darauf verzichten.

»Das hast du nun davon. Du schwärmst von deinen Großkotz-Typen, währenddessen wir hier ins Nirgendwo unterwegs sind.«

»Quatsch«, entgegnete ich. »Wir sind in den Wald hineingegangen, wir kommen auch wieder raus. So groß ist das Gebiet nun auch wieder nicht.«

Mit gemischten Gefühlen staksten wir weiter. Etwas anderes blieb uns auch nicht übrig, denn als der Wald dichter und dichter wurde – wurde es auch zunehmend kühler. Die Sonne kam einfach nicht durch.

»Pssscht!«, machte Denise, »da war was?«

»Ja ein Wildschwein oder ein Reh, was soll hier im Wald denn sein?«

»Ich!«

Entsetzt blickten wir hinter uns und stießen beide einen spitzen Schrei aus. Pures Grauen überlief uns.

»Was war das? Ein Mensch doch wohl eher nicht?«

Dieses Etwas trug eine Maske aus Rehleder, die Schlitze für die Augen waren so primitiv hineingeritzt, ebenso wie die Mundöffnung, sodass man davon ausgehen konnte, dass dieses Etwas alles selbst erledigt haben musste.

Ich schluckte schwer.

»Wer sind Sie?«

»Wird später verraten. Was, wenn ich fragen darf, machen Sie zu dieser Jahreszeit so tief im Wald – es ist mein Wald, verstehen Sie?«

»Entschuldigung.« Denise war die Erste von uns, die ihre Sprache wieder fand. Wir haben uns verlaufen, unsere Handys funktionieren nicht – das heißt, eines ist verloren gegangen, das andere war nicht richtig aufgeladen.«

Ja, ja, der Wald, birgt so allerlei Verwunderliches, nicht wahr und er rezitierte eines meiner Lieblingsstellen aus einem Gedicht:

Der Wald steht still und schweiget,
Und aus den Wiesen steiget,

der weiße Nebel wunderbar.

»Schön, nicht wahr? – Matthias Claudius«, meinte das Wesen.
»Der Wald ist etwas Wunderbares – und die Betonung, die er bei dem Gedicht setzte, lag auf still und Nebel.«

»Es ist unsere erste Wanderung in diesem Jahr. Bitte verzeihen Sie, wenn wir Sie gestört haben. Was sind Sie, eine Art Waldmensch?« Denise konnte ihre Klappe nicht halten. Sie tapste von einem Bein auf das andere. Sie fror jämmerlich.
»Wenn Sie so wollen ja. Ich habe mich schon sehr lange in diesem Wald verkrochen – kommen Sie, kommen Sie, dort hinten steht meine

Hütte. Selbst erbaut. Sie sind herzlich eingeladen sich am Feuer zu wärmen.

Denise war schon auf dem Weg, während ich skeptisch zu dem Waldmenschen lugte.

»Darf ich fragen, was Sie …«

»Warum ich diese Maske trage … ich kann Sie gern herunternehmen, doch ich weiß nicht ob Sie das, was Sie dann sehen würden ertragen könnten«, antwortete er. »Vor sehr langer Zeit hat man mich mit Benzin übergossen und angezündet, danach hat man sich an meiner Frau vergangen – sie ist heute in einer geschlossenen Klinik. Und danach habe ich für alle Zeiten den Menschen den Rücken gekehrt«, erzählte er völlig emotionslos.

»Wissen Sie, die äußeren Wunden heilen, die inneren Wunden nie! Ich brauchte ein Ventil, und das habe ich hier im Wald gefunden.«

»Und Sie leben hier ganz allein?«, fragte ich.

Denise rief nach uns, wo wir blieben. Ich winkte ihr zu, sie möge weitergehen.

»Brutus leistet mir Gesellschaft, mehr brauche ich nicht.«

»Brutus ... ah ja?«, sagte ich und in meiner Stimme klang Interesse mit.

»Es ist ein kleiner Dackel, ein so genannter Kaninchenteckel – da er wiederum so klein ist, dass er in die Bauten hinein kann. Und da er sich größer fühlt, als er in Wahrheit ist, habe ich ihn Brutus getauft.«

Unwillkürlich musste ich lachen.

»Nett!«, sagte ich, »lassen Sie uns zugehen. Wenn wir noch zurückwollen, müssen wir uns sowieso schon sputen – ich gehe mal schwer davon aus, dass Sie uns hier hinausgeleiten.«

»Das schaffen Sie heute nicht mehr – Sie sind quasi einmal ums Karreé gegangen und dann genau in die entgegengesetzte Richtung gelaufen. Man sollte schon Erfahrung haben! Der Wald kann tückisch sein, schon so manch ein Mensch ist nie wieder daraus hervorgekommen.

»So wie Sie?«, entgegnete ich und sah ihn fragend an.

»So wie ich?« Dann lassen Sie uns mal sehen, dass wir aus diesem Dickicht hier herauskommen.

Gesagt, getan. Wir begaben uns auf den Weg zur Hütte.

Denise stand bereits davor und streichelte Brutus, der sich in der Tat als Miniausgabe eines Dackels präsentierte, doch an Niedlichkeit war dieses kleine Wesen nicht zu überbieten. Er wedelte freudig mit dem Schwanz und freute sich offenbar uns zu sehen.

Doch ganz wohl war mir bei der Sache nicht. Dieser Mann war mir unheimlich, und wir waren ihm auf Gedeih und Verderb ausgeliefert. Ich wollte auch eigentlich nicht in die Hütte, doch ich fror so entsetzlich, dass ich gar nicht anders konnte. Vorsichtig betrat ich seine Zuhause. Überall Fallen für Tiere, Stöcke, sogar ein Gewehr war zu sehen. Ach du liebe Zeit, der Mann war für alle Eventualitäten gerüstet.

Die Hütte war relativ groß, das Wohnzimmer ging über in eine Küche, eine Schlafstatt war ebenso vorhanden wie ein Plumpsklo – elektrischen Strom gab es allerdings nicht.

Er stellte sich uns als Peter vor, und wir reichten ihm freundlich die Hand.

»Ihr seid die ersten Menschen die ich in meine Hütte hineinlasse«, meinte dieser und begann Teewasser aufzusetzen. »Wer seid ihr?«

Wir stellten uns vor, sagten auch, von wo wir kämen und der Waldmensch lachte: »Ach du große Güte ... da seid ihr ja völlig von der

Spur abgekommen. Ja so ist das, wenn man sich im Wald verläuft.«

»Übrigens freue ich mich, dass ich einmal Gesellschaft habe«, meinte er und schaute uns abschätzend von der Seite an. »Ich habe langen keinen Menschen mehr zu Gesicht bekommen, dachte, das Versteck hier wäre sicher. Ich muss es noch einmal überdenken.«

Denise schaute mich an, ich schaute hinüber zu Denise. Er war uns nicht wohl und wir wussten nicht wirklich, wie wir auf diesen Menschen reagieren sollten. Wir wussten auch nicht, was wir sagen sollten. Also saßen wir still da und warteten auf unseren Tee, der uns rasch wieder aufwärmte.

Der Waldmensch nahm seine Rehmaske ab und wir unterdrückten einen entsetzten Schrei. Seine Haut war in der Tat entsetzlich verbrannt, eigentlich war nichts mehr an seinem Platz – offenbar hatte sich nie ein Arzt dieses Gesichts angenommen, so wirkte es jedenfalls auf uns. Wir waren entsetzt.

Denise drehte sich weg, der Waldmensch drehte sie wieder zurück. »Hör zu Mädchen, wenn du das hier nicht ertragen kannst, dann hau ab – verschwinde aus meiner Hütte! Hast du mich verstanden! Ihr seid meine Gäste – also benehmt euch auch so!«

Denise schluckte und murmelte eine Entschuldigung. Meine nassforsche Freundin war erschüttert. Seine

Nase war entstellt und sein Gesicht total vernarbt«. Es war einfach nur gruselig.

»Ich hätte euch den Anblick ja gern erspart – doch es ist einfach zu warm in der Hütte«, entschuldigte sich Peter, »hätte ich gewusst, dass ich heute noch Besuch bekomme, wäre ich natürlich zuvor zum Friseur und zur Kosmetik gegangen.«

Wir lachten ein leises Lächeln.

»Gut, das Eis begann langsam zu schmelzen.«

Peter erzählte uns wie lange er schon hier lebte. Ganze drei Jahre bereits und nie hatte er die Menschen vermisst. Was er zum Leben brauchte gab ihm der Wald in üppiger Fülle, er hatte eine Regentonne für Frischwasser und ein Bauer aus einem nahe gelegenen Dorf war eingeweiht und brachte ihm das Wenige, was der Wald ihm nicht geben konnte. Peter war ein stattlicher Mann. Abgesehen von seinem entstellten Gesicht konnte er es mit jedem gut aussehenden Mann aufnehmen. Sein Körper war straff, Haare gab es keine mehr, auch keine Augenbrauen oder so etwas – doch man konnte sich in etwa vorstellen, dass er früher sehr gut ausgesehen hatte. Er war circa 1,85 Meter groß und trug eine Hose aus Rehleder, auch diese offenbar selbst genäht.

Allmählich beruhigte sich die Situation und genüsslich tranken wir unseren Tee, der uns zumindest von innen heraus wärmte. Peter holte ein paar Plätzchen vom vergangenen Weihnachtsfest hervor – zumindest waren sie noch essbar, denn ich hatte entsetzlichen Hunger.

Er brummelte Brutus etwas zu, und dieser bellte begeistert.

»Was haben Sie ihm gesagt?«, fragte Denise vorlaut.

»Dass ich eine von euch gleich ficken werde?«, sagte Peter, und fasste sich an sein Geschlecht.

»Wir beide schauten uns entgeistert an.«

»Was?« Denise schluckte.

»Ja glaubst du denn Mädchen, ich lasse mir so eine Chance entgehen. Drei Jahre wohne ich hier im Wald – habe keine Titten mehr gesehen und auch keine süße kleine Möse. Ganze fünf Jahre habe ich keine Frau mehr gevögelt. Muss ich da noch mehr sagen. Und ihr seid zu zweit – da wird es doch erst recht kuschelig.«

»Oh Gott! Wir befanden uns in einem mittleren Alptraum – ich konnte nicht glauben was ich da vernehmen musste, konnte nicht glauben, dass uns das passierte. Immer wieder hatten wir über diese Typen gelacht, die sich im Wald verliefen. ›Schlafmützen‹ hatten wir sie genannt. Und jetzt … waren wir selbst welche, noch dazu in einer brandgefährlichen Situation.

Unser Problem war, wir konnten diesen Mann der sich Peter nannte, einfach nicht einschätzen. Er war uns unheimlich, wir wussten nichts von ihm, nichts.

Ein dämonisches Lächeln umspielte Peters verbliebenen Mund, er fasste sich an sein Glied, versuchte es aus seiner Rehlederhose zu ziehen.

Denise drehte sich weg.

Ich schaute hin.

Es war ein prachtvolles Gemächte, was er mir da entgegenhielt und ich war geneigt, es mit ihm zu probieren. Genüsslich betrachtete ich ihn und ich merkte, dass ich gar nicht mehr so sehr auf sein Gesicht achtete, sondern mehr auf das, was er in den unteren Regionen zu bieten hatte.

Peter war relativ schnell zur Sache gekommen, hatte nicht lange gezögert als er uns in seine Hütte gelockt hatte. Also schlussfolgerte ich, dass er generell ein Mann schneller Entschlüsse war, hieß für mich wiederum, er war ein Mann gewesen der Entscheidungen treffen musste und zwar schnelle Entscheidungen. Doch ich wagte nicht, ihn auf irgendetwas aus seiner Vergangenheit anzusprechen.

Wind kam auf, die Zweige der Bäume peitschten gegen die Hütte und Denise, die vor Angst schlotterte, schrie entsetzt auf.

»Na du Angsthase!«, meinte Peter, komm her und zieh deine Freundin aus. Ich möchte wieder einmal die Weichheit einer Frau fühlen – möchte einmal wieder eine Titte in den Mund nehmen. Also los, pronto!« Er klopfte mit einem Stock auf den Tisch.

Hastig warf Denise all ihre Kleider von sich, kam auf mich zu, riss mir im wahrsten Sinne des Wortes meine Kleider vom Leib. Hakte meinen BH aus, nur das seidene Höschen blieb mir. Entsetzt stellte ich fest, dass das Höschen feucht war. Diese Situation hatte mich doch tatsächlich erregt. Das gab es doch nicht.

Der Wind zerrte an den Bäumen und Peter schaute uns mit einer unendlichen Gier an. Er schmatzte und schnalzte mit der Zunge, zog mich zu sich heran und fasste mir an die Brüste. Er knetete sie hart und fest, ich spürte Schmerz, doch ich sagte keinen Mucks. Auch nicht, als er in meine Brustwarze kniff und dies leicht drehte. Ich hatte Angst – doch dann sah ich die kleine Pfütze um Peters Geschlecht. Er war gekommen, ganz für sich allein — hatte die Erregung nicht mehr verkraftet. Da wiederum hatte ich Mitleid mit ihm.

Peter hatte nie die Absicht uns weh zu tun, das sagte er uns später zum Abschied, doch die vielen Jahre des Alleinsein, die ganze Abstinenz und jetzt — es war eine Chance für ihn, die er vielleicht nie wieder bekam. Er war vereinsamt.

»Ihr beide«, sagte Peter, »ihr treibt es jetzt miteinander. Du Denise leckt deiner Freundin schön die Möse aus, und ich, ich werde mich auf diesen Stuhl setzen und mir all das genüsslich zu Gemüte führen. Und danach ihr Lieben, werdet ihr mich verwöhnen.

Denise schaute zwar erbost, sagte aber auch nichts, denn es hätte wesentlich schlimmer kommen können.

»Nie wieder gehe ich in den Wald«, flüsterte sie mir zu, als sie sich über mich beugte um mich zu küssen. Wir kannten uns schon sehr lange, meine Freundin und ich und deshalb hatten wir sofort ein Gefühl füreinander.

Es war trotz der prekären Lage ein Traum. Denise' Hände fühlten sich auf meiner Haut an, als wären sie schon immer da gewesen, bereitwillig öffnete ich meinen Mund für sie damit ihre fordernde Zunge Einlass fand. Peter stöhnte genießerisch. Ob er sich selbst befriedigte konnten wir nicht sehen, im Augenblick waren wir mit uns selbst beschäftigt. Denise glitt tiefer an mir runter, küsste auf dem Weg zu meiner Möse meine hochaufragenden Brustwarzen und war danach so selbstversunken, dass sie alles andere um sich herum ausblendete. Sie wollte mir den Höhepunkt meines Lebens verschaffen.

Hingebungsvoll streichelte sie mich, ich ließ sie gewähren, lehnte mich zurück und war nur noch Lust pur. Sie führte ihre Zunge in mich hinein, mit ihrem Finger trieb sie mich in ungeahnte Höhen, indem sie meinen Kitzler streichelte. Voller Genuss und sehr langsam leckte sie mich, dann zog sie meine Labien in ihren Mund hinein, und saugte mit aller Kraft. Ich stöhnte einmal auf.

»Mach weiter!«, sagte ich zu ihr. »Hör bitte nicht auf!«, dann kam ich mit voller Wucht.

Denise lächelte mich an und Peter stöhnte.

Es herrschte eine merkwürdige Atmosphäre – irgendwie ... ich konnte den Begriff kaum fassen ... überirdisch.

Ich wandte mich Denise zu, bereitete ihr dieselben Freuden die sie mir bereitet hatte und als I-Tüpfelchen näherte ich mich vorsichtig ihrem Po, fuhr mit meiner Handkante ihre Poritze rauf und wieder hinunter.

Dieses Spiel erregte Denise so stark, dass auch sie nicht sehr lange brauchte um zu kommen, und zum

Abschluss küsste ich sie fordernd auf den Mund.

Selbstvergessen hielten wir beide uns in den Armen, Peter war für uns in diesem Augenblick vergessen. Dieser saß in sich versunken auf seinem Stuhl, hielt sein Glied in Händen und befriedigte sich selbst.

Ich konnte all das nur aus den Augenwinkeln verfolgen, da Denise derart fordernd war, dass ich mich nicht auch noch um Peter kümmern konnte.

Nachdem wir unsere Befriedigung erlangt hatten kuschelten wir uns zusammen, so als würde es nur uns geben auf dieser Welt.«

Denise flüsterte mir zu: »Warum haben wir das nicht schon eher getan.«

»Was?«, fragte ich.

»Na, das … uns zu berühren?«

Ich lächelte nur.

Peter räusperte sich, machte sich somit bemerkbar – offenbar wollte er allmählich mitspielen und wir gingen zu ihm. Er hatte uns bis jetzt nichts getan, was Anlass dazu gab, ihm zu Vertrauen und somit wollten wir ihm seinen Wunsch erfüllen.

Peter wies auf die Matratze, welche er mit irgendeinem Tierfell abgedeckt hatte, darauf sollte die Session stattfinden.

Denise begann Peter zu streicheln, der sich hin und her räkelte und es zu sehr genoss gestreichelt und vor allem beachtet zu werden. Wir knipsten die Erinnerung an sein

Gesicht einfach aus – und wollten diesem Mann die Lust verschaffen, die er so lange vermisst hatte – immerhin – er hatte uns vor Schlimmerem im dunklen Wald bewahrt.

Es war Denise die als Erste die Initiative ergriff und Peters Brust streichelte, diese immer wieder zärtlich mit ihren Fingerkuppen berührte und hinauf und hinunter strich.. Ich widmete mich parallel dazu seinem Rücken, auch ich bevorzugte meine Fingerspitzen und entdeckte sogar eine kleine Vogelfeder, die ich zu mir heranzog. Ich streichelte ihn damit ganz sanft. Da war nichts in unseren Bewegungen was zur Eile drängte, wir hatten alle Zeit der Welt. Wir waren gesättigt von unseren Orgasmen, wir konnten uns die Zeit nehmen, die wir brauchten.

Denise hatte in der Zwischenzeit eine Kerze angezündet, die sie in der Nähe der Matratze gefunden hatte. Mittlerweile wurde es richtig gemütlich.

Peter fühlte sich offenbar sehr wohl, denn er streichelte mal über meine Haut, dann wieder über Denise', küsste meine Brustwarzen, presste Denise' Brüste zusammen und ließ seinen Penis zwischen ihren Brüsten hin und her gleiten. Die Reibung erregte ihn zwar, doch noch konnte er sich beherrschten.

Wir legten uns auf die Matratze, nahmen Peter in die Mitte, so hatte er alle Freiheiten die brauchte um gleichzeitig mit zwei Frauen zu spielen, sie zu berühren – was er letztlich auch tat. Er spielte mit unseren Nippeln, kniff uns leicht in unsere Brustwarzen, streichelte beiden über den Bauch, roch an unserem Haar – Peter schien mir ein sehr sinnlicher Liebhaber gewesen zu sein.

Peter stöhnte immer mal wieder leise auf – doch er sagte nichts, er genoss. Er drehte leicht an meiner Brustwarze, prüfte mit einem Finger meine Feuchtigkeit. Es war überflüssig – denn ich spürte selbst, wie mich trotz dieser Umgebung all das hier erregte. Ich hatte noch nie so eine Session genossen, all das war auch für Denise und für mich neu, fremd und erregend zugleich.

Denise stöhnte auf. Peter, ich sah kurz an ihm runter, und ich lächelte leicht. Dessen Penis ragte in voller Pracht in die Höhe, ein paar Tropfen seiner Feuchtigkeit suchten sich den Weg aus der kleinen Spalte heraus. Hätte mir das jemand heute Morgen gesagt, ich hätte ihn für leicht debil erklärt.

Allmählich begann Peter unruhig zu werden, allerdings ging uns das allen so. Spontan setzte ich mich auf ihn, Denise begann parallel dazu seine Hoden einer intensiven Massage zu unterziehen, was Peter offenbar so noch nicht erlebt hatte. Er war Lust pur.

Nachdem ich seinen Penis in mich eingeführt hatte, ritt ich ihn sehr langsam – auf und ab, lehnte mich dabei weit zurück. Denise streichelte seine Hoden und versuchte an seinen Hintern zu kommen. Als es gelang begann sie auch seinen Po zu massieren und leicht zu drücken. Mit der flachen Hand klatschte sie leicht darauf – doch all das war spielerisch. Peter fühlte sich wie im siebten Himmel. Und er hätte uns am liebsten nach Strich und Faden durchgevögelt, doch wir hatten die Führung übernommen. Denise sprach das aus, was wir alle dachten: »Es war perfekt!«

Aufs äußerste erregt, weil alles neu war – hatten wir Spaß, und wir kamen gar nicht auf die Idee jetzt schon aufzuhören.

Ich beugte mich noch ein bisschen weiter nach hinten, und so konnte Peter, trotz das ich ihn aufgenommen hatte, meine Klitoris streicheln, mich ließ weder das eine noch das andere kalt und ich zog das Tempo an. Peter nahm seine Hände, knetete meinen Hintern, sodass ich richtig in Fahrt kam.

Ich ritt ihn jetzt wie eine Stute und nahm eigentlich nichts mehr recht wahr. Dass er leicht auf meinen Hintern klatschte merkte ich nicht, dass Denise Peter mittlerweile einen Finger in seinen Po gesteckt hatte, sah ich nicht – ich spürte nur wie er sich in mir ergoss und einen Schrei ausstieß der kaum menschlich zu nennen war.

Keine Frage, Peter hatte diesen Sex gebraucht – dringend. Plötzlich war er ein ganz anderer Mensch, zugänglicher. Er erzählte uns sogar, wie sich damals, vor vielen, vielen Jahren alles zugetragen hatte und da erinnerte ich mich, davon in der Zeitung gelesen zu haben.

Doch wir hatten noch nicht genug voneinander, lagen alle gemeinsam auf dem Rentierffell und einem nach dem anderen fielen die Augen zu. Wir waren gesättigt, doch wir kuschelten uns innig aneinander.
Als wir am anderen Morgen erwachten, war Peter bereits fort. Sicherlich würde er etwas zu essen sammeln, mein Magen knurrte vernehmlich. Denise schlief noch,

also wollte ich kurz an die Tür gehen und nach dem Rechten schauen, als ich fast über Brutus fiel, der offenbar auch zu den Langschläfern zählte, denn er lag friedlich in seinem Körbchen und sah mich fragend an.

»Na Brutus, möchtest du raus?«

Er wedelte mit seinem Schwanz, was ich als ein Ja interpretierte.

Nackt wie ich war, ging ich kurz mit ihm vor die Tür.

»Schon so früh auf den Beinen?«, fragte mich Peter, der gerade aus dem Wald kam und küsste mich auf die Wange. Er trug seine Rehkappe über dem Gesicht – ich konnte es ihm nicht verdenken.

»Der Hunger hat mich aus dem Bett getrieben«, sagte ich und schaute in den Korb. Darin war alles, was der

Mensch brauchte um zu überleben. Beeren, Nüsse und einige Wildkräuter. Zwar lief mir nicht gerade das Wasser im Mund zusammen, doch ich hatte erkannt dass man, wollte man überleben nicht unbedingt wählerisch sein durfte.

Peter kochte Kaffee, wärmte das Brot auf, und mit einem Mal zog ein appetitlicher Duft durch die Hütte.

Denise erwachte und schnupperte.

»Hm, das riecht aber wirklich gut «, meinte sie.

Peter hatte all das was er im Wald gesammelt hatte, zu einer Paste verarbeitet und diese strich er jetzt auf das frisch aufgebackene Brot.

»Na, überzeugt?«, sagte er. Die Frage war an mich gerichtet.

»Superlecker«, musste ich zugeben, und vertilgte zwei Scheiben Brot, Denise trank morgens sowieso nur Kaffee.

»Wann wollt ihr aufbrechen?«, fragte er uns, und schaute in die kleine Runde.

»Ja, wann immer du willst!«, sagte ich, »immerhin musst du uns wenigstens wieder auf Kurs bringen.«

Peter kramte in seiner Tasche und zog Denise' Handy hervor.

»Oh, wo hast du es gefunden?«, meinte sie und umarmte ihn erfreut.

»Gar nicht weit von hier«, meinte Peter, damit findet ihr allein zurück, ich bringe euch bis zur Lichtung, einige hundert Meter von hier.

Er schaute von einer zur anderen.

»Hätte nicht gedacht, dass ich noch mal in so einen Genuss kommen würde«, meinte er, und streichelte uns beide zärtlich über die Wangen. »Danke für alles!«

Wir umarmten ihn und zwinkerten ihm zu.

»Wir wissen ja jetzt, wo du zu finden bist. Dürfen wir wiederkommen?«

Peter schüttelte den Kopf. »Dieses Haus wird morgen hier nicht stehen – ich ziehe um, tiefer in den Wald hinein. Ich musste feststellen, dass ich immer noch nicht die rechte Distanz zu den Menschen habe – ich muss tiefer in den Wald hinein.«

»Aber … waren wir dir denn so eine unangenehme Überraschung für dich?«, flüsterten wir beide, etwas erstaunt über Peters Reaktion.

»Im Gegenteil «, meinte dieser, »jedoch habe ich euch gefunden, ich aber will nicht gefunden werden – ich kann nicht mehr so gut unter Menschen sein, versteht ihr. Dies hier«, er sah uns offen an, »dies hier war wunderschön, doch es war eine einmalige Sache, okay?«

Wir nickten und packten unsere paar Dinge, welche wir in unseren Rucksack packten – dann waren wir so weit uns wieder auf den Weg zu machen.

Peter hielt Wort. Er brachte uns bis an die Lichtung, und da erkannten wir auch wieder, wo unser Weg langging. »Gott, wir sind immer wieder im Kreis gegangen und dann irgendwo falsch abgebogen«, sagte ich zu Denise, die ebenfalls mit dem Kopf schüttelte. »Wie blöd muss man denn sein?«

»Vielleicht sollte es so sein«, sagte sie leise. »Wir hätten sonst niemals diesen ganz besonderen Menschen kennen gelernt, denkst du nicht auch?«

Sie legte den Kopf schief und sah mich an.

Ich nickte nur und schritt zügig voran – ich wollte einfach nur aus diesem Unterholz heraus, einen richtigen Waldweg finden, welcher uns zurück in die Zivilisation brachte.

Nachdem wir nach unserem ›Abenteuer‹ wieder heimgekehrt waren, dachte ich an Peter. Ich hatte mir die alten Zeitungsberichte noch einmal hergeholt. Peter hieß mit Nachnamen Zückler, und war ein gut situierter Bauunternehmer. In der Tat war damals mit Benzin übergossen worden, seine Frau wurde vergewaltigt und war für immer traumatisiert. Peter Zückler blieb für immer verschwunden.

Doch Peter Zückler lebte – er lebte auf zwanzig Quadratmetern, in einer Holzhütte im tiefen Wald, und doch hatten wir uns dahin verirrt. Zufall, Fügung – wer vermochte es zu sagen.

Peter selbst hatte sich dafür entschieden, noch tiefer in den Wald hineinzugehen, er fand eine neue Bleibe und sein treuer Gefährte

Brutus begleitete ihn, wedelte weiterhin lustig mit dem Schwanz und jagte seine Kaninchen.

Peter hatte das geschafft, wozu viele nie den Mut aufbringen würden. Trotz seiner Brandverletzungen die ihn Zeit seines Lebens zeichneten, hatte er zwar den Menschen, und der Welt da draußen den Rücken gekehrt – doch sich selbst war er treu geblieben – er hatte nie aufgegeben!

Nach gut einem halben Jahr erreichte mich eine kurze MMS mit einem Foto seiner neuen Hütte und darunter stand ein einziges Wort:

»Danke!«

Eine Liebe auf Sylt

Hotel Sayler Hof, Keitum, am Watt

Mia kannte Sylt nicht. Doch als sie den Hindenburgdamm hinüber zu der Insel fuhr, merkte sie wie ihr Herz aufgeregt zu schlagen begann. Diese Insel, von der sie so viel gelesen hatte, würde, wenn alles so lief wie sie sich das vorstellte, für eine gewisse Zeit ihr Zuhause werden.

Sie hatte sich als Zimmermädchen im Hotel Sayler Hof in Keitum beworben – ein altes Kapitänsdorf, das bei so manch einem Sylt-Urlauber als schönster Ort auf der Insel galt – und war zu einem

Vorstellungsgespräch geladen worden.

Mia freute sich. Der Zug hielt mit quietschenden Bremsen im Bahnhof von Keitum, so konnte sie bei ihrem Gang zu dem Hotel, welches direkt am Wattenmeer liegen sollte, schon mal etwas von dem Ort in Augenschein nehmen.

Was sie sah, gefiel ihr. Nicht zu überlaufen – sicherlich würde sich das in der Saison ändern – doch die herrlichen Alleen würden bleiben, alter Baumbestand rundete das Ambiente des Ortes ab und Osterglocken, Primeln und andere Frühlingsblumen erblühten überall in üppigster Form. All das wechselte sich ab mit den typischen Friesenwällen, welche die Häuser die großenteils mit Reet gedeckt waren, umschlossen. Mia ließ all das mit großem Staunen auf sich wirken und gewann schnell den Eindruck, dass sie sich sehr wohl auf dieser Insel fühlen würde.

Den Sayler Hof erkannte sie sofort, immerhin hatte man ihr Unterlagen zukommen lassen und selbst die Bahnfahrt hatte man ihr bezahlt – was nicht selbstverständlich war.

Das Hotel stellte sich als ein Ort der Ruhe und der Erholung heraus, sehr exklusiv – so hatte es ihr auch der Personalchef geschrieben. Der Sayler Hof war ein Hotel für Menschen, die sich im Einklang mit der Natur ein paar erholsame Tage oder Wochen auf der Nordseeinsel gönnten.

Da Mia wusste, dass das Hotel eines der ältesten, aber auch eines der schönsten Hotels vor Ort war, war sie bereits einen Tag eher angereist, damit sie frisch und ausgeruht in das Bewerbungsgespräch hineingehen konnte.

Mia war zweiundzwanzig Jahre alt, wollte sich noch nicht so recht mit der Berufswahl festlegen, hatte einige Halbjahrespraktika hinter sich, nun also war die Gastronomie beziehungsweise der Zimmerservice an der Reihe.

Entweder, so ihre Überlegung, wollte sie in das Hotelgewerbe als Rezeptionistin, das würde ihr liegen oder sie würde ins mittlere

Management gehen. Grundsätzlich hatte es Mia allerdings nicht eilig – Rom war schließlich auch nicht an einem Tag erbaut worden.

Sie sah den Mann sofort, welcher an einem rostigen Ziergitter gelehnt, Mia gezielt in Augenschein nahm.

»Lackaffe!«, dachte sie, »mit Halstuch und Blazer – wer trägt denn heute noch so etwas?«

Mia selbst hielt es mit Jeans und Sweatshirt, ein dicker Schal um den Hals, das war ihre Grundausstattung. Die Sneakers, welche sie gewählt hatte, waren wegen des Kopfsteinpflasters welches in Keitum überwiegte, bestens geeignet.

Mia freute sich auf ihr Bewerbungsgespräch und wollte gerade in das Hotel hineingehen als der Fremde sie ansprach: »Kann ich Ihnen vielleicht helfen?«

Mia wusste nicht wirklich, wie hübsch sie war. Sie war etwas mollig, hatte wunderschöne rehbraune Augen, ihre Haare hatten einen leichten Goldschimmer und lustige Grübchen machten ihr Gesicht sympathisch.

»Wissen Sie mehr als ich?«, meinte Mia, überraschend nassforsch.

»Das könnte eventuell möglich sein. Ich darf mich Ihnen vorstellen – Marc Sayler – Sohn des Hauses und derzeitig auf Stippvisite in unserem Hotel. Ansonsten weile ich zumeist in der Schweiz, wo unsere Familie ein weiteres Hotel unterhält.«

»Ach, du liebe Zeit«, dachte Mia, »da hatte sie mit ihrer vorlauten Klappe aber genau ins Schwarze getroffen.«

Sie räusperte sich.

»Tja dann sollten Sie eigentlich wissen, wie ich zur Personalabteilung komme. Ich habe mich hier als Zimmermädchen beworben und morgen ein Vorstellungsgespräch.«

Marc schaute Mia sehr genau an.

»Diese Frau war wunderschön, doch sie schien es noch nicht einmal zu bemerken. Ihr Haar hatte sie lieblos zu einem Pferdeschwanz zusammengefasst, die Kleidung ließ ebenfalls zu wünschen übrig ... sie wirkte überraschend frisch und unverbraucht auf ihn, nur die junge Dame selbst schien dies nicht zu wissen. Er würde dieses Juwel im Auge behalten.«

»Vierte Tür links«, sagte er, »ein Herr Ingwersen wird sich freuen, Sie hier begrüßen zu dürfen.«

Mia öffnete die Tür und hielt die Luft an. So ein prachtvolles Entree hatte sie nicht erwartet. Liebevoll eingerichtet, mit einer üppigen Blumenvielfalt in großen geschmackvollen Vasen präsentierte sich der Eingangsbereich als Wohlfühloase die Mia sofort für sich einnahm. Alles wirkte so behaglich und trotzdem exklusiv.

Sie fand Herrn Ingwersen in seinem Zimmer vor, nannte ihren Namen und gab ihm schon mal die Papiere. Sie druckste ein wenig herum bezüglich eines Zimmers welches man ihr zugesagt hatte, doch Herr

Ingwersen erhob sich sofort und ging zu dem Schlüsselschrank.

»Das freut mich aber sehr, dass Sie heute schon anreisen, Frau ... Frau Meerwald«, sagte dieser, »so können sie sich noch ein wenig unser schönes Dorf anschauen und wir sehen uns morgen, so gegen zehn Uhr.«

Mia nickte. Er händigte ihr einen Schlüssel aus und sagte: »Souterrain, Zimmer zwei.« Herr Ingwersen schaute Mia hinterher. Es gefiel ihm, dass das Mädchen Einsatz zeigte und bereits einen Tag vorher angereist war.

Mia war gerade dabei ihr Zimmer zu suchen, als Marc schon wieder vor ihr stand. »Na alles geklärt?«

»Ja, ich bringe nur eben meine Sachen auf mein Zimmer, dann können wir uns unterhalten«, meinte sie. »Dieser Typ ging ihr mächtig auf die Nerven, zumindest für den Augenblick.«

Sie schloss ihr Zimmer auf. Es war klein, doch ebenso urgemütlich eingerichtet. Selbst ein kleines Badezimmer war vorhanden – kurzum – sie hätte es schlechter treffen können. Sie würde sich hier sehr wohl fühlen – soviel wusste Mia jetzt schon.

Nachdem sie ihre Kleidung gewechselt hatte und nun in einer schwarzen Jeans und einem pinkfarbenen Sweatshirt wieder vor Marc stand, pfiff dieser durch die

Zähne. »Wow, eine Verbesserung um dreißig Prozent«, meinte dieser, »doch das geht noch viel besser.«

»Angeber!«, meinte Mia und warf den Kopf in den Nacken.

»Lust auf einen Trip über die Insel?«, fragte Marc und schaute sie fragend an.

»Wenn ich mir nicht ständig deine dummen Sprüche anhören muss, gern. Ansonsten verzichte ich dankend.«

»Oh, Madame haben heute die Krallen ausgefahren?« Marc lachte.

»Wie heißt du überhaupt?«

»Mia, das sollte für's Erste reichen.«

»Jawohl, Mia von sonst woher«, meinte Marc und sah sie fragend an.

»Ja, ich bin bereit für eine Tour. Sie hatte vorhin schon so tief ins

Fettnäpfchen getreten, nun war es auch schon egal.«

Marc forderte per Handy einen SUV, öffnete Mia die Tür, ließ sie einsteigen und startete, nachdem auch er eingestiegen war, den Motor. Mia, die wieder mal ihren Mund nicht halten konnte, sagte: »Eigentlich hätte ich zumindest einen Lamborghini erwartet – nach allem, was man so über die Insel liest …«

»Steht auch in der Garage«, meinte Marc nassforsch, »doch ich dachte, ich entführe dich erst einmal in die Dünen, da ist der SUV besser geeignet. Das heißt nicht, das wir nicht morgen mit dem Lamborghini eine Spritztour machen können.

»Nein nein, alles gut«, meinte Mia verlegen, »ich … ich muss mich morgen auf etwas anderes konzentrieren.«

»Stimmt auch wieder.« Marc grinste in sich hinein.

Ohne Frage, Mia war etwas ganz Besonderes, sie würde gut mit den Gästen des Hotels harmonieren, und er selbst hatte bereits ein Auge auf sie geworfen, als er sie hatte kommen sehen.

»Wir fahren jetzt erst mal Richtung Westerland, und dann weiter nach Listland. Das ist seit Urzeiten in Privatbesitz und es wird tatsächlich eine Maut erhoben, nur um diese Buckelpiste befahren zu können – nichtsdestotrotz haben wir von dort aus den besten Blick. Alles klar soweit?«

Mia konnte nur nicken. Ihr Reiseführer lag noch unausgepackt im Koffer, und so viel wusste sie nun auch wieder nicht über die Insel. Natürlich wusste sie, dass die Reichen und Schönen die Insel im Sommer als ihr ›Eigentum‹ ansahen, dass sehr viel Geld auf dieser gelassen wurde, und dass die Orte Keitum und Kampen zu den schönsten Orten auf der Insel zählten.

Sie lehnte sich bequem in ihrem Sitz zurück und ließ die Landschaft auf sich wirken. Sie fuhren an reetgedeckten Häusern vorbei, welche von Friesenwällen umzogen waren. Unzählige Kartoffelrosen warteten nur darauf, dass es endlich Frühling wurde und diese ihren betörenden Duft über die gesamte Insel verstreuen konnten.

»Einmalig schön«, wisperte Mia.

»Bitte!«, fragte Marc der meinte, Mia hätte mit ihm gesprochen.

»Ach nichts, ich habe nur laut gedacht«, erwiderte Mia. »Die Insel ist traumhaft schön.«

»Ja das ist sie in der Tat. Früher, war all das alles hier – er machte eine ausladende Handbewegung – Wiese und Feld – doch mit der Zeit entwickelte sich die Insel zu einem Publikumsmagneten und es wurde immer mehr gebaut.«

Mia sagte nichts dazu. Es gab dazu auch nichts zu sagen. Der eine lebte vom Tourismus, der andere hasste ihn.

Westerland kam in Sichtweise und Marc zeigte auf die unschönen Hochhäuser, die man von der Straße her sehen konnte. »Alles Sünden der 70-er Jahre«, meinte er, »doch abgerissen wird das nicht – viel zu teuer.«

Mia nickte. Zeigte mal hierin, mal dorthin und Marc erklärte ihr alles geduldig.

Doch als sie die Straße nach List hochfuhren, reckte Mia den Kopf immer höher. Sie näherten sich Kampen und in diesem Ort traf sich alles was Rang und Namen hatte, vom Sternchen bis zum Superstar.

»Wow! Das ist echt nicht von dieser Welt«, meinte sie.

»Gesehen und gesehen werden lautet die Devise in diesem Ort«, meinte Marc. »Da kannst du nicht einfach flanieren, jedenfalls nicht an der Hauptstraße, da musst du auch noch jemanden im Gepäck haben, der zumindest als C-Promi durchgeht.«

Marc grinste und Mia war beeindruckt, allerdings in erster Linie von der Schönheit des Ortes. Die ersten Dünen kamen ins Blickfeld und sie ahnte, dass, je weiter sie in das Dünengebiet hineinfuhren, diese immer gigantischer werden würde.

Und so war es auch.

Marc steuerte Listland an, zahlte die Mautgebühr die Mia überraschte (sie hatte es eher als Gag aufgefasst), und sie fuhren hoch zum Ellenbogen – dem Ende der Insel. Hier gab es nichts mehr außer Schafe, Schafe und nochmals Schafe. Gepaart mit unzähligen Vogelschwärmen die hier brüteten oder Rast machten. Danach flogen sie weiter, wohin der Wind sie trieb.

Marc parkte den SUV am Leuchtturm. Kein einziger Wagen stand auf dem Parkplatz und so rechnete er sich aus, dass es auch am Strand menschenleer war. Anfang März verirrten sich nicht viele Gäste hierher – zu windig, zu kalt. Heute jedoch zeigte sich die Märzsonne von der freundlichen Seite und wärmte bereits etwas.

»Bitte sehr, Ziel erreicht«, meinte Marc mit einer Verbeugung und half Mia aus dem Wagen. Diese schaute sich sprachlos um, ließ diese einmalige Natur auf sich wirken.

»Hast du vorhin die große Wanderdüne gesehen?«, fragte Marc und legte wie zufällig einen Arm um Mia.«

»Hm«, das ist alles sehr aufregend und imposant. Ich habe zwar einiges erwartet, doch das nun doch nicht«, meinte diese und blickte sich weiter um. Das Meer war hier aufgewühlter als irgendwo sonst auf der Insel – es war eben der nördlichste Punkt Deutschlands und oftmals toste die See hier oben ungebremst und rau.

Mia sah Marc an.

»Wir gehen zum Strand hinunter und schauen mal, wie weit wir kommen – wir müssen nicht bis zum Ellenbogen laufen – das wäre vielleicht nach der

Anreise ein bisschen viel. Doch ich möchte dir meine Insel zeigen, und nicht das, was man in diversen Boulevardblättern über sie liest. Ich möchte dir die geballte Natur zeigen.

Mia nickte und lächelte schüchtern.

Hand in Hand gingen sie hinunter zum Strand, ließen sich durch den tiefen Sand rollen und benahmen sich wie zwei Kinder. Marc lief mit Mia um die Wette, drehte sie und warf sie in die Luft um sie wieder aufzufangen, um sich einmal mehr mit ihr im Kreis zu drehen.

Mia wusste nicht wie ihr geschah, doch auch sie hatte Spaß. Warum nicht noch einmal ausgelassen sein, bevor es morgen wieder ernst daherging.

Sie nahm Marcs Hand und wollte ihn näher ans Meer ziehen, da schnappte er zu und zog sie an sich.

»Mia gibt es so etwas, wie Liebe auf den ersten Blick?«, meinte er und küsste sie zärtlich auf die Lippen.

»Ich glaube, ich bin gerade dabei mich Hals über Kopf in dich zu verlieben.«

»Das Zimmermädchen und der Millionär, oder wie?«, lachte Mia und warf ihre Arme vor Freude empor.

»Ich glaube nicht an die Liebe auf den ersten Blick.«

Mia schüttelte energisch den Kopf.

»Nicht, wenn man wie ich, mit fünfzehn beide Elternteile verloren hat, sich mit Ach und Krach aus der Schule in die Lehre gerettet, diese geschmissen hat und sich jetzt ausprobiert, wohin die Reise einmal hingehen soll.«

Marc sah sie von der Seite an. »Das tut mir leid, wie ...«

»Autounfall, sie hatten keine Chance. Ich kam zu einer entfernten Großtante – doch die war froh, als ich endlich selbst auf mich aufpassen konnte – und das war genau an meinem achtzehnten Geburtstag. Da katapultierte ich alles aus meinem Leben, was mich störte. Unter anderem auch meine Tante.

Marc nickte und seufzte tief. Die ersten zweiundzwanzig Jahre ihres Lebens war Mia also mitnichten auf Rosen gebettet gewesen. Gern würde Marc dies ändern und sah Mia abwartend an. Da diese keinerlei Anstalten machte sich von ihm zu entfernen, zog er sie an sich und küsste sie.

Seine Zunge forderte Einlass und Mia öffnete vorsichtig ihren Mund, damit Marc seine Zunge in ihre Höhle eindringen ließ.

Marc zog Mias Sweatshirt hoch, griff unter ihren BH und stöhnte auf. Mia hatte große feste Brüste, die Marc auf der Stelle in ihren Bann zogen. Gott, war das erregend. Keine Silikonbrüste, sondern weiche, weiße Haut. Er hätte Mia auf der Stelle vögeln können, und zwar so, dass sie ihn nie wieder vergaß. Doch er musste vorsichtig sein. So ein Juwel wie Mia … er wollte das, was gerade im Werden begriffen war, nicht aufs Spiel setzen. Er wollte Mia nicht wieder verlieren.

Er zog ihr den Sweater aus, auch Mia wurde wagemutiger und nestelte an Marcs Hose – er half ihr, diese abzustreifen und Mia reckte sich ein imposantes Glied entgegen, welches heftig pochte.

»Aber hallo!«, dachte sie, »ein bisschen viel für den ersten Tag.«.

Marc widmete sich nur ihren Brüsten, fasziniert davon nahm er sie in die Hand, drückte sie, saugte an ihnen wie ein Kind und umkreiste ihre Brustwarzen mit dem Mund. Was für ein erregendes Spiel! Er griff in ihre Haare, zog sie daran zu sich herab und drückte sie weiter nach unten, er brauchte jetzt irgendein Ventil.

Mia, die noch nie einen Mann mit dem Mund befriedigt hatte, nahm Marc auf und saugte hingebungsvoll an seinem Glied. Sie kniete vor Marc, und so blieb Marc eigentlich nur, sein Glied immer tiefer in Mias Mund zu führen, ihren Kopf nach unten zu pressen – er war so erregt, er konnte gar nicht anders. Dann, wenige Sekunden später, ergoss er sich und Mia schmeckte das erste Mal Sperma.

Sie sah ihn von unten herauf fragend an. Ihre Augen sprachen Bände. Und Marc nahm sie.

Vögelte sie in den Dünen von Sylt.

Die Möwen kreischten dazu, die See sang ihr eigenes Lied und Marc und Mia hatten das Gefühl, als kannten sie sich schon eine Ewigkeit.

Mia hatte die Beine fest um Marc geschlungen, und Marc war tief in ihr – hielt sie fest und pumpte, pumpte als das in sie hinein, was er bereit war zu geben. Mia brauchte eine Weile, doch dann, als sich Marc noch einmal aufbäumte, stöhnte sie wie erlöst auf.

»Ich ... ich«, stammelte sie und zeigte unter sich.

»Mein Gott, Mia!« Marc sah sie entsetzt an.

»Du warst noch Jungfrau! Und sagst mir das nicht, ich vögele mir hier das Gehirn aus dem Kopf. Was bin ich nur ...«

»Lass gut sein«, meinte Mia, »in meinem Alter rechnet man ja auch nicht mehr mit so etwas. Es hat sich einfach nie ergeben. Tröste dich, es hat nicht sehr wehgetan, und jetzt ist ja alles gut. Ihr Männer seid doch immer scharf darauf eine Jungfrau zu vögeln? Siehst du, heute hattest du eine unter dir liegen!«

Mia grinste ihn schief an.

Marc wusste nicht so recht, wie er damit umgehen sollte. Doch er bereute nichts, gar nichts. Er hatte diese Frau gewollt und er hatte sie sich genommen. Er hatte sich das genommen, was er am liebsten mit Haut und Haaren an sich gerissen hätte, und ihr so lange Lust bereitet bis das sie geschrien hätte – er möge aufhören. Sein Verlangen nach ihr war ungebremst - er würde diese Frau auf Händen tragen.

War das Liebe?

»Und was machen wir jetzt?«, fragte er, leicht überfordert mit dieser Situation.

»Was wir eben auch getan haben?«, meinte Mia und presste sich eng an Marc, legte ihm die Arme um den Hals und küsste ihn mit ungebremster Gier. Beide standen sich nackt gegenüber und Mia kniff Marc spielerisch in den Po.

Die Kamera, die die beiden filmte, sahen sie nicht.

»Hey!« Marc machte auf Empörung, doch er spielte mit Mia, rollte mit ihr eine kleine Anhöhe hinab, küsste sie wieder und mittlerweile war Mia voller Sand. Sie hustete – doch beide hatten ihren Spaß.

Nackt, wie Gott sie geschaffen hatte, rannten sie den Hügel wieder empor, und Mia reckte die Arme in die Höhe, rief so laut sie konnte: »Hey, hört mich hier jemand, ich bin gerade entjungfert worden. Wow! Einen Tag auf Sylt und das war's mit der Unschuld.«

Die Kamera nahm alles auf.

Marc lachte hell auf und nahm Mia von hinten. Mia bückte sich dazu ein wenig nach vorn, kam ihm entgegen und er, der viel Erfahrung hatte, drängte sich in sie hinein. Marc strich über ihren Rücken, massierte ihren strammen Po und malte sich schon einmal aus, wie es wäre in diese Untiefen hineinzustoßen – doch dazu war es noch viel zu früh.

Er nahm Mia zwar fordernd, jedoch nicht so hart wie beim ersten Mal. Mia wollte genommen werden, also bekam sie, was sie wollte – sie fühlte sich auf einmal begehrt, sie fühlte sich wundervoll und das lebte Mia mit allen Sinnen aus.

All das zog Marc völlig in den Bann, er war geblendet von dieser Schönheit, die noch nicht einmal wusste, dass sie eine war und er machte sich wieder an ihren Brüsten zu schaffen, von denen er sich schlecht trennen konnte.

Doch so langsam wurde es frischer, und Mia bat Marc bald aufzubrechen, da sie eigentlich noch in Kampen Station machen wollten. Doch davon wollte Marc nichts mehr wissen.

»Du bleibst doch sowieso auf der Insel« meinte er, »wir haben jetzt alle Zeit der Welt, meine Schöne. Glaube mir, ich führe ich die entlegensten Ecken und Winkel dieser Insel, aber auch an die trubeligsten Orte die du dir vorstellen kannst.«

Mia lachte. »Na dann will ich mal Gnade vor Recht ergehen lassen, normalerweise bestehe ich auf gemachte Zusagen.«

Als sie wieder einigermaßen hergestellt gen Westerland fuhren, war Marc unruhig. »Du hast doch auch keine Menschenseele gesehen, nicht wahr?«, meinte er.

»Nein, da war niemand«, meinte Mia, die Schafe einmal ausgenommen.

»Hm, ich habe so ein komisches Gefühl«, meinte Marc nur, und er sollte Recht behalten.

Sie stellten den SUV in dem Parkhaus am Bahnhof ab, gingen zu

Fuß hinüber zur Fußgängerzone, wo Mia in die tollsten Boutiquen geführt wurde, mit Preisen, die ihr den Atem raubten.

Ihr war es nicht recht Marc's Angebot anzunehmen für sie zu bezahlen, sie machte sich ungern abhängig – und so wählte sie, als er nicht locker ließ, schließlich eine weniger hippe Boutique und erstand dort zwei Jeans, dazu zwei Seidenblusen und eine Mohairjacke – mehr benötigte sie vorerst nicht.

Auch Marcs Zureden, sie möge ruhig noch mal schauen, fruchtete nichts – Mia wurde dadurch eher stur, und Marc wollte sich hier höchst ungern zum Trottel machen, nicht wenige kannten ihn auf der Insel. Es musste ja nicht gleich jeder wissen, dass er auf dem besten Weg war sich in ein Zimmermädchen seines eigenen Hotels zu verlieben. Also zahlte er die Rechnung.

Dass Mia bleiben würde, dafür würde er schon Sorge tragen. Diese Frage stand nicht mehr im Raum.

Diese Augen, dieser Mund, dieses volle Haar – Mia wusste wahrlich über sich selbst herzlich wenig. Es hatte ihn wie ein Blitz getroffen als er sie gesehen hatte – nun würde man sehen, was sich daraus entwickeln würde.

Die Verkäuferin, welche merkte, das Mia sehr zögerlich kaufte, sagte plötzlich: »Warten Sie bitte noch einen Moment, und kam mit einem wunderschönen Kleid aus Chiffon-Seide zurück. Ein tiefer Ausschnitt war das Highlight des Kleides, so etwas müsste Mia mit ihrem üppigen Busen doch hervorragend stehen.

Die Verkäuferin hielt ihr das Kleid hin, doch Mia schüttelte den Kopf: »Kann ich mir nicht leisten.«

»Sag mal, soll ich hier vor dir auf die Knie fallen, oder geht's auch so. Ich werde dir das Kleid selbstverständlich bezahlen, gönn mir doch die Freude«, meinte Marc, »zieh es doch erst einmal an.«

Da lachte Mia und gab sich geschlagen.

Als sie mit dem Kleid aus der Kabine trat, sagte die Verkäuferin: »Toll. Einfach nur toll. Also wenn sie das nicht nehmen ... dann weiß ich auch nicht mehr weiter.«

Mia wirkte darin wie eine kleine Wundertüte, eingehüllt in teuerste Seide mit einem Ausschnitt, welches ihre Brüste wunderbar zur Geltung brachten. Die Verkäuferin merkte natürlich, dass Mia eine Art Frischling war, holte noch einen Push-up-BH dazu – und Mia müsste sich eigentlich fühlen wie eine Königin.

Mia zögerte immer noch und die Verkäuferin meinte: »Hören Sie, ich erleichtere Ihnen den Kauf und räume Ihnen freiwillig zehn Prozent Rabatt ein. So ein Kleid kann nicht jede Frau tragen, glauben Sie mir. Ich tue das nur, damit Sie mir nicht doch noch entfleuchen. Das Kleid ist wie für Sie gemacht.«

Marc nickte ebenfalls und strahlte über das ganze Gesicht. Da gab Mia nach, und die beiden verließen das Geschäft mit prall gefüllten Taschen.

Mia küsste Marc auf die Wange und bedankte sich bei ihm. Sie schwor sich, ihm einen Teil des Geldes zurückzuzahlen, denn die Sachen hatten ein Vermögen gekostet.

Marc indes sah dies völlig anders. Er freute sich darüber, Mia etwas zu schenken. Er war seit langem nicht mehr so glücklich gewesen wie in diesen letzten Stunden. Es machte ihn stolz, dass er Mia etwas zu bieten hatte.

Diesem Mädchen, dass bereits so viel Leid hatte in seinem Leben erleben müssen. Und das er, trotz seiner Erfahrung nicht bemerkt hatte, dass sie noch Jungfrau war, ärgerte ihn besonders.

Wie hart hatte er sie rangenommen, und sie hatte nichts gesagt.

»Oh Mia«, dachte er, »ich mach's wieder gut.«

Das Hotel Sayler Hof kam in Sichtweite und Mia atmete tief durch.

»Jetzt beginnt für mich der Alltag«, sagte sie und küsste Marc auf die Wange. »Vielen Dank für alles, es war wunderschön.«

»Wollen wir noch zusammen etwas Essen gehen?«, fragte er, »hier in Keitum gibt es wunderbare Lokale. Wir bieten leider nur Frühstück.«

Mia schüttelte den Kopf. »Sei mir nicht böse Marc, aber die Zugfahrt und das anschließende

Rahmenprogramm haben mich doch sehr angestrengt. Eigentlich würde ich jetzt gern zu Bett gehen.«

Marc verstand und gab Mia einen Nasenstuber. »Dann gute Nacht, meine Schöne.«

Mia begab sich in ihr Zimmer, legte sich auf das Bett, wollte eigentlich noch duschen, doch sie schlief sofort ein. Die Seeluft und all das Neue um sie herum, forderten nun doch ihren Tribut.

Als sie am nächsten Morgen erwachte, fühlte sie sich ausgeruht und frisch. Sie begab sich zu ihrer Morgentoilette, wählte für das Vorstellungsgespräch ein schlichtes Outfit – eine graue Stoffhose, kombiniert mit der Seidenbluse welche sie gestern gekauft hatte und einem kleinen Bolerojäckchen.

Sie betrachtete sich im Spiegel und befand, dass das Outfit okay war.

»Nur nicht zu aufdringlich wirken«, sagte sie sich, du bewirbst dich als Zimmermädchen! »Doch du musst langsam diesen verdammten Spagat zwischen deinem Naturell und einer gewissen Eleganz hinbekommen«, sagte sie sich und warf sich selbst einen Kussmund zu.

Dann begab sie sich in den Frühstücksraum – mittlerweile wusste sie, wo die Angestellten ihr Frühstück einnahmen.

Marc war am gestrigen Abend noch zu Herrn Ingwersen gegangen und hatte darum gebeten, Mia einzustellen.

»Hätte ich auch ohne Ihre Fürsprache getan«, sagte Ingwersen, doch er freute sich, dass der Chef es genauso sah.

»Sie hat exzellente Zeugnisse, all ihre Praktika hat sie mit Bravour beendet, außerdem verfügt sie über ein sehr breit gefächertes Wissen – die Kleine hat viel ausprobiert, so langsam wird sie sich entscheiden müssen, wohin Ihre Reise geht.«

»Ich hoffe«, entgegnete Marc, »die Reise endet hier bei uns«, und grinste Herrn Ingwersen breit an.

»Das wäre nicht die schlechteste Lösung«, meinte dieser, »ich mag falsch liegen, doch ich halte diese junge Frau für eine echte Bereicherung.«

Marc konnte dem nur zustimmen und so waren sich die Männer darüber einig, dass Mia auf der Insel blieb.

Die Zeit verging wie im Flug und Mia machte sich mit Herzklopfen auf den Weg ins Personalbüro, wo Herr Ingwersen bereits auf sie wartete. Natürlich zog dieser das Bewerbungsgespräch durch – Mia sollte nichts davon bemerken, dass es ein stilles Einvernehmen mit dem Chef gab. Und als nach einer Stunde feststand, dass Mia die Stelle bekam, konnte sie sich gerade noch zurückhalten Herrn Ingwersen nicht zu umarmen.

»Danke, vielen vielen Dank«, sagte sie und freute sich wirklich.

Es schloss sich ein Rundgang durch die Räumlichkeiten des Hotels an – Mia staunte über die Exklusivität des Anwesens. Sie hatte es wahrlich gut getroffen.

Plötzlich stand Marc vor ihr und hielt ihr ein I-Pad unter die Nase: »Ich hatte Recht mit meiner Vermutung, irgendetwas hat mich gestört. Das hier wurde heute Nacht ins Netz gestellt.«

Mia schaute, und schlug sich die Hand vor den Mund. »Oh Gott, das sind ...«

»Richtig, wir beide – beim vögeln in den Sylter Dünen.«

Der Multimillionär und das kleine Zimmermädchen.

Marc Sayler konnte seine Hose mal wieder nicht zuhalten, stand als Einziges darunter.

Allerdings brauchte es auch nicht mehr, das Video war eindeutig genug.

»Und was nun …?«

So sehr sich Mia eben noch gefreut hatte, so empört war sie jetzt.

»Man kann so etwas sperren lassen«, sagte Marc, »und das werde ich auch sofort tun – die Klicks die wir beide haben, reichen jetzt schon. Wenigstens sieht man dein Gesicht nicht … das ist das einzig Gute daran. Unsere Familienanwälte werden das schon richten – keine Angst, Mia.«

Doch Mia musste das erst mal verdauen.

Würde es immer so sein? Kameras, wenn sie mit Marc ausging. Kameras, überall.

»Marc, ich könnte so nicht leben«, sagte sie zu ihm und schaute ihn ängstlich an. »Ich würde immer hinter mich schauen, ob mich nicht irgendjemand verfolgt.«

»Schau mal hier, erkennst du dich da irgendwo?«, meinte Marc.

Mia schüttelte den Kopf.

»Siehst du?«, meinte Marc. »Den Rest überlass einfach mir, okay?«

Mia blieb nichts anderes übrig, sie ging erst einmal auf ihr Zimmer, denn diesen Tag hatte sie noch frei – morgen war ihr erster Arbeitstag.

Marc sollte Recht behalten. Keine Stunde später war das Video auf Youtube gesperrt. Die Familienanwälte hatten sofort reagiert, eine Sperre verhängt, und man hatte Anklage gegen Unbekannt erhoben. Das sollte für's Erste reichen.

Marc ging zu Mia aufs Zimmer und berichtete ihr von den guten Neuigkeiten.

»Oh Himmel!«, sagte sie und kuschelte sich an Marc. »Eigentlich ist das Wetter ja viel zu schön, aber würdest du noch einmal dasselbe mit mir machen, wie auf diesem Video da?« Mia schaute Marc lächelnd an.

»Nichts lieber als das«, sagte dieser und warf Mia aufs Bett, hielt sie ganz fest in den Armen.

»Ich lass dich nie mehr los Mia«, hauchte er, und Mia öffnete ihre Schenkel für Marc.

Ein Jahr später

Der Sayler Hof hatte endlich einmal wieder eine Hochzeit zu feiern. Und was für eine. Bis in die frühen Morgenstunden hinein wurde gefeiert und gelacht. Mia trug ein atemberaubendes Hochzeitskleid und auch Marc war elegant gekleidet. Mias Brautstrauß bestand aus Hortensien aus dem eigenen Hotelgarten, welche jetzt zur Sommerzeit üppig blühten.

Hätte man Mia vor einem Jahr gesagt, dass sie gerade auf einer

Nordseeinsel ihr Glück finden würde, sie hätte all die Pappnasen für verrückt erklärt. Doch ihr Traum war wahr geworden.

Sie hatte nicht nur die Stelle der Rezeptionistin bekommen, nein, sie hatte auch darauf bestanden, dass sie nach der Hochzeit diese Position weiter inne behalten konnte. Sie wollte nicht nur eine Frau Sayler sein.

Dies allerdings konnte ihr Schwiegervater nur unterstützen, was Mia durchaus freute.

All den ganzen Trubel ließ Mia nun in einer stillen Ecke des parkähnlichen Hortensiengartens Revue passieren. Sie blickte über das Wattenmeer, das ihr bereits so sehr ans Herz gewachsen war. War die Brandungsseite beeindruckend, so war das Wattenmeer, welches in schillernden Farben leuchtete, der Ruhepol der Insel – zumindest für Mia.

»Ist das Glück?«, fragte Marc, der hinter Mia getreten war, und die empfindliche Stelle an ihrem Hals küsste.

»Ja«, erwiderte Mia leise und presste sich fest gegen ihren Ehemann.

Dieser verbarg seinen Mund in ihrem Haar und deutete auf einen kleinen Vogel, der direkt vor ihnen auf und ab hüpfte.

»Schau, das kleine Kerlchen möchte auch gratulieren«, sagte Marc und beide lachten herzerfrischend auf.

Buchtipp:

Unterweisung   auf   Burg Lengenfeldt

Rosa – die Lustbarkeit des Seins

„… Seine Hände packten ihre Oberschenkel und er zog sie an seinen Stab heran, der wieder ganz hart war, so wie vorhin in ihrem Mund. Er steckte seinen Stab zwischen ihre unteren Lippen und begann sich an ihr zu reiben. Dabei wurde es richtig feucht da unten, was Rosa verwunderte. Zu seinen Bewegungen kamen durch die Reibung flutschende Geräusche, die sie bisher nicht kannte. Und mit einem Mal änderte sich der Winkel seines Stabes und er fuhr in sie hinein. Der Herzog nahm ihre Hände mit seinen und zog sich in sie hinein, bis sie einen leichten Schmerz verspürte, und es fühlte sich so an als wäre in ihr drinnen etwas gerissen. Sie zuckte zusammen, zeigte aber sonst keine Anstalten, dass es ihr nicht gefallen würde. Im Gegenteil, sie fand, dass was der Herzog mit ihr machte sogar etwas spannend. Dass es überhaupt möglich war, dass jemand mit seinem Stab so tief in sie eindringen konnte, wusste sie bis dahin nicht...."

Impressum

DiKay

c/o BJ-Autorenservice

Gildehauser Weg 140a

48529 Nordhorn

Copyright © 2017 DiKay

Bildmaterial: fotolia.de | Datei:
#9483129 | Urheber: Irina Chirkova